KB267293

윤영돈 시집

사막을 건너는 지혜

윤영돈

윤영돈

건국대학교 국어국문학과 졸업
고등학교 교사 역임
문예동인지 [청록] 회원으로 활동 중
시집 : 행복을 여는 보석상자

윤영돈 시집
사막을 건너는 지혜

초판 인쇄일 2026년 3월 30일
초판 발행일 2026년 3월 30일

지은이 윤영돈
펴낸이 장문정
펴낸곳 도서출판 그림책
디자인 토마토
출판등록 제2010-000001
주소 경기도 수원시 영통구 이의동 웰빙타운로 70
연락처 TEL070-4105-8439
출판문의 : 010 2676 9912

E-mail : khbang21@naver.com

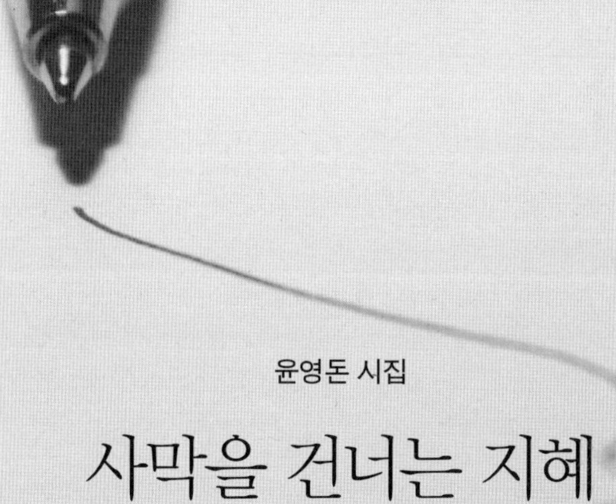

윤영돈 시집

사막을 건너는 지혜

삶은 늘 우리에게 두 가지 질문을 던집니다.
'무엇을 얻을 것인가'와 '어떻게 살 것인가'
그 거대한 질문 앞에서 저는 늘 작아지는 존재였으나, 한 가지 분명한
진리만은 놓지 않으려 애썼습니다. 그것은 오직 보고, 느끼고, 생각하
며, 마침내 작은 것 하나라도 사랑으로 실천하는 사람만이 삶이 숨겨
둔 소중한 답을 얻을 수 있다는 사실입니다.

교단에서 아이들의 눈망울을 마주하며 보냈던 시간들, 그리고 그 너
머로 흐르던 사계절의 풍경들이 제게는 모두 시(詩)였습니다. 때로는
인생의 절벽 앞에서 막막한 어둠을 보았고, 때로는 좁은 길 위에서 말
할 수 없는 은혜의 빛을 발견하기도 했습니다. 그 모든 순간의 감정들
이 흩어지지 않게, 저린 손을 꾹꾹 눌러가며 종이 위에 옮겨 적었습니
다.

시를 쓰는 일은 제게 화려한 수식어를 쌓는 일이 아니었습니다. 오히려 마음의 군더더기를 깎아내고 비워내는 고통이었으며, 그 비워진 자리에 누군가의 눈물을 닦아줄 '쉼표' 하나를 정성껏 그려 넣는 일이었습니다.

여기, 그동안의 어설픈 고백들을 묶어 세상에 내어놓습니다.
문장이 수려하지 못해 부끄러움이 앞서지만, 행간마다 심어 놓은 진심만은 따뜻한 온기로 전해지길 소망합니다. 부족한 저의 이야기에 기꺼이 귀를 기울여 주신 이름 모를 누군가에게, 깊은 존경과 감사를 전합니다.

당신의 가슴 속에도 오늘, 행복을 여는 작은 보석상자 하나가 환하게 열리기를 기도합니다.

2026년 봄날의 길목에서
지은이 윤영돈

비움으로 채운 영성의 향기, 사막 위에서 피워낸 지혜의 꽃

윤영돈 시집 『사막을 건너는 지혜』는 앞선 서정적 위로를 넘어, 삶의 본질과 신앙의 깊이를 탐구하는 묵직한 성찰의 기록이다. 윤영돈 시인은 이 시집을 통해 인생이라는 거대한 사막을 건너는 순례자의 지도를 펼쳐 보인다. 그는 단순히 세상을 관조하는 데 그치지 않고, "비바람을 맞지 않고서는 무지개를 볼 수 없다"는 단단한 삶의 공식으로 독자들을 지혜의 문으로 안내한다.

1부 '사막을 건너는 지혜'에서 시인은 철학적 사유의 정점을 보여준다. 그는 "태양은 결코 세상을 어둠이 다스리도록 놔두지 않는다"며 고난 뒤에 올 영광을 예견한다. 특히 "알은 스스로 깨면 생명이 되지만 남이 깨면 요리감이 된다"는 냉철한 통찰은 오랜 교육자적 경험에서 우러나온 성찰의 정수다. 시인은 욕망이 줄어들 때 비로소 행복이 늘어난다는 '비움의 경제학'을 설파하며, 우리 마음속 닫힌 보석상자를 열 수 있는 열쇠는 결국 '만족'과 '감사'임을 역설한다.

시집의 핵심인 2부 '좁은 길 위에서 부르는 노래'는 시인의 영적 소명과 신앙 고백이 숭고하게 피어나는 자리다. 그는 "아무도 가지 않는 좁은 길"을 걷는 전도자의 기쁨을 노래하며, "예수님의 마음으로 영혼을 품을 수 있어 행복하다"고 고백한다. 이는 종교적 수사를 넘어선 시인 자신의 생생한 삶의 태도다. "시련은 그대의 힘이자 축복"이라 말하는 그의 시구들은 고통 속에 있는 이들에게 가장 강력한 신앙적 방패가 되어준다.

마지막 3부 '우리 함께 걷는 풍경'에 이르면 시인의 시선은 다시 따뜻한 일상과 이웃으로 확장된다. 지하철 환승역의 노인, 연탄을 나르는 봉사단, 시장 골목의 부침개 냄새 등 그가 묘사하는 풍경은 '우리 함께'라는 가치로 수렴된다. "세월만큼 무서운 건 없다"며 시간의 무상함을 경계하면서도, 동시에 "익숙한 듯 낯선 얼굴들도 모퉁이마다 정이 되어 깃든다"며 공동체적 사랑을 놓지 않는다.

윤영돈 시인의 이번 시집은 인생의 황혼에서 되돌아본 삶의 드라마이며, 동시에 미래를 향해 던지는 희망의 메시지다. 그의 시어들은 팍팍한 아스팔트 위에서 "민들레가 뿌리내릴 틈을 찾듯" 우리 삶의 작은 틈새마다 행복의 씨앗을 심어줄 것이다.

- 방훈(도서출판 그림책 팀장 | 인향문단 회장)

제1부
사막을 건너는 지혜

제2부
좁은 길 위에서 부르는 노래

제3부
우리 함께 걷는 풍경

사막을 건너는 지혜

인생의 삶에는 공식이 없다

비바람을 맞지 않고서는
무지개를 볼 수 없듯이
아픔을 모르는 자는 성숙할 수 없다

"한 방울의 물줄기가 돌을 뚫는다"
할 수 있다는 믿음을 가지면
그런 능력이 없을지라도
결국에는 할 수 있는 능력을
갖게 된다

할 수 없다는 말을 억제할 때
비로소 가능성이 열린다

삶의 길목에서 만나는
지혜의 디딤돌!
따뜻한 마음을 배우고
꿈과 행복을 찾아가는 삶

작은 마음이라도
서운하지 않게
감사의 노래가 삶에서
떠나지 않게
따뜻한 마음의 향기를
맡고 싶다

삶에는 공식이 없지 않는가!

하늘은 스스로 돕는 자를 돕는다

내가 생각하는 나는 진짜 '나'가
아니다
나의 생각, 그게 바로 진짜 '나'다

화를 내지 못하는 자는 어리석지만
화를 내지 않는 자는 지혜롭다

의사들이 저지르는 가장 큰 잘못은
마음을 치료하지 않고
몸을 치료하려는 것이다

마음과 몸은 하나
별개로 다루어서는 안 된다

걱정은 신경이 가장 무딘 사람조차도
병의 올무에 걸려들게 한다

우리가 지닌 결함이 뜻밖에도
우리를 돕는다
밀턴은 눈이 멀었기 때문에
더 좋은 시를 쓰고,
베토벤은 귀가 들리지 않았기 때문에
더 뛰어난 음악을 작곡했을 것이다

평안과 활력을 주는 큰 힘은
건강한 종교, 수면, 음악, 그리고
웃음이다

인생은 순간순간의 삶 속에 있다는 것
연속되는 매일 매시간 속에 있다는 것을…

생각의 굴레

죽음이 두려운 것도
죽음 이후의 세계를 모르기
때문에 두려운 것이고
미래가 두려운 것도
어떻게 펼쳐질지 모르기 때문에
막연히 두려운 것입니다

결국 자기가 만든 생각의 굴레에
자신이 갇힌 꼴이 되고 맙니다

동시대를 살아가는 우리들
얼마나 소중한 사람들인가
결국은 사람인 게다

'자살'을 거꾸로 읽으면
'살자'가 됩니다

생각을 바꾸면 이 세상도
살 만한 세상이 됩니다

행복해서 웃는 게 아니라,
웃어서 행복합니다

점점 사람 냄새를 잃어가는 것
같아 옛 풍경이 오히려 그리운
오늘입니다

인생연주곡

변하지 않고 빛나는 것들의
비밀은 초연함에 있다
묵묵히 자기 궤도를 도는
해와 달처럼…

어둠이 가득한 고비를 넘기
위해서
그대에게 필요한 것은
자신에 대한 믿음이라는
한 줄기 빛이다

좌절이 짧을수록 희망이
찾아오는 속도도 빠르다

삶에서 시련의 소리는
희망의 소리와 만나면서
인생연주곡을 완성시킨다

산다는 게

새벽이 되면 거미는 밤사이
덫에 걸린 먹이들을 거둘 것이고
시베리아에서 날아온 겨울새들은
산하를 비행하며 월동을 다독일 테고

동백 숲은 붉은 꽃봉오리 머금느라
여념이 없을 테고
혼자서는 힘든 물억새는
서로에게 몸을 부빌 것이다

이파리마저 벗어버린 버드나무는
짧은 겨울 햇살을 맛보고도 싶겠지만
욕심을 버리고 그저 흐르는
강물을 바라볼 뿐이다

태양과 별과 한 권의 책

태양은 석양에 물든
지평선으로 지지만,
아침이 되면 다시 떠오른다

태양은 결코 세상을 어둠이
다스리도록 놔두지 않는다
밝음을 주고, 생명을 주고
따스함을 준다

별들은 어두운 밤에
가장 밝게 빛난다
세상의 모든 것들은
가장 어려운 시험을 받을 때,
가장 큰 승리를 거두고
가장 큰 고난이 닥쳤을 때
가장 큰 영광을 얻게 된다

인생이 '한 권의 책'이라는
비유는 참으로 눈부시다

아무렇게나 책장을 넘기는 사람
정성 들여 한 장 한 장 넘기는 사람
한동안 같은 페이지만 펼쳐놓는 사람

오늘 그대는 어떤 페이지를
열고 있는가?

삶과 깨달음

삶의 목적이 행복이라면
다정한 미소
다정한 말 한마디
소리 없이 건네주는 믿음이
행복이 될 수 있습니다

웃음은 행복을 여는 열쇠이고
감사는 행복을 여는 창조의
손입니다

임이 먼저 간 세상엔
일찍 가고 늦게 가는
차이만 있을 뿐

언젠가는 만나는 그곳
그때

슬픔도 기쁨도
못다 한 이야기도
함께 나누면 됩니다

이별의 흔적은
깨달음입니다

착각

여느 사람이
알고 지낸 사람이 아니듯이
만나야 할 또 다른 인연도
오래 만날 인연은 아닐 것이다

지금의 봄도
지난해의 그 봄이 아니듯이
오늘이란 시간 역시
새로운 것일 뿐이다

날마다 낯선 계절을 만나면서도
같은 계절인 양 착각하듯이
날마다 다른 세상에 살면서도
같은 세상인 양 혼동하는지도 모른다

착각

산다는 건 그런 것
안다는 게 또 그런 것
보이는 게 전부가 아니듯이
人生史 다 그런 거지!

행복을 여는 보석상자

행복의 다른 이름은 만족이다
행복이란 스스로 만족하는 점이다

행복하게 사는 방법 중의 하나는
행복의 눈빛으로 세상을
바라보는 일이다

욕심은 고통을 부르는 나팔이다
자기 분수에 맞게 만족할 줄
알아야 한다

욕망이 줄어들면 행복은 늘어난다
욕망을 채우기 위해 잃어버린
것들이 얼마나 많은가!

삶이란 끊임없이 문제들에
부닥친다
사랑하고 웃고 울고 넘어지고
다시 일어나는 그 과정에
의미가 있는 것

민들레는 아스팔트에서도
뿌리 내릴 틈을 찾고
연꽃은 진흙탕 속에서도
아름다운 꽃을 피운다

세상은 어떻게 마음을
먹느냐에 따라 행복의 보석상자는
열릴 것이다

성장통 1

열매가 맺히기까지는
비바람과 뜨거운 태양을 견뎌야 하고,
나비가 날기 위해서는
답답한 고치 안의 시간을 견뎌야 한다.

우리네 삶도 이와 같아서
지금 겪고 있는 아픔은
더 큰 나를 만나기 위한
필연적인 과정이다.

아프다는 것은
성장하고 있다는 증거이며,
흔들린다는 것은
중심을 잡으려 애쓰고 있다는 뜻이다.

오늘의 시련이
내일의 찬란한 결실로 이어질 것임을
믿어 의심치 않는다.

쾌락의 끝자락 1

화려한 불빛 아래
잠시 머물다 가는 즐거움은
그 끝이 늘 공허하다.

목마름을 채우려 바닷물을 마시듯
채울수록 더 큰 갈증이 찾아오고,
가질수록 더 빈곤해지는 마음.

진정한 기쁨은
밖에서 찾는 것이 아니라
내 안의 고요함 속에서
길어 올리는 것임을.

욕망의 그림자가 길어질 때
잠시 멈춰 서서
내 영혼의 소리에 귀 기울여 본다.

지혜를 여는 보석상자 1

지혜는 많은 지식을 쌓는 것이 아니라
불필요한 욕심을 덜어내는 데 있다.

남을 이기는 것은 힘이지만,
자신을 이기는 것이 진정한 강함이다.

비워야 채울 수 있고,
놓아야 잡을 수 있는 법.
움켜쥔 손안에는 아무것도 담을 수 없지만,
펼친 손 위에는 온 세상을 담을 수 있다.

삶의 매 순간이 가르침이며,
만나는 모든 이가 스승임을 깨달을 때
비로소 지혜의 문은 열린다.

비움의 미학

그릇은 비어 있어야 쓸모가 있고,
방은 비어 있어야 머물 수 있다.

마음 또한 이와 같아서
비워두지 않으면
새로운 생각이 들어설 자리가 없다.

과거에 대한 후회와
미래에 대한 불안으로 가득 채워진 마음은
현재라는 선물을 누리지 못하게 한다.

오늘 하루,
내 마음의 서랍 하나를 비워낸다.
그 빈자리로
싱그러운 바람 한 점이 지나간다.

삶 속의 큰 행복

창문을 열면,
바람이 불어오지만
마음을 열면,
행복이 들어옵니다

생각이 물처럼 맑은 사람은
그 가슴에서 물소리가 들리고
가슴이 숲처럼 고요한 사람은
그 가슴에서 새소리가 들립니다

삶의 순간순간이 아름다운
마무리이며,
새로운 시작이어야 합니다

인생은 지금까지가 아니라
지금부터 시작입니다

조금 부족해도 감사하며 살아가면
기쁨이 되고,
조금 모자라도 만족하고 살아가면
고마움이 되고,
조금 서운해도 무탈하게 살아가면
행복이 됩니다

우리의 삶이 아름다운 건
혼자서 사는 세상이 아니고
누군가와 늘 더불어 함께
살기 때문입니다

성장통 2

무작정 달려 나갈 수도
움츠러들 수도 없는 불안
20대는 가장 버거운 시기다

무엇을 할 건지
순간 막연해지면서 생겨나는
아픔이다

좁은 계곡을 헤쳐 나가야 했던
강물이 비로소 소망했던 바다를
만났을 때의 막연함이랄까

실수하는 것보다 더 나쁜 것은
아무것도 하지 않는 것이다

문이 아무리 많아도 열지 않으면
그냥 벽이다

되도록 벽을 두들기고 문을 열다 보면
청춘의 작은 동반자가 될 수 있다

알은 스스로 깨면 생명이 되지만
남이 깨면 요리감이 된다

내 일을 하라!
내일이 이끄는 삶을 살라!

쾌락의 끝자락 2

쾌락을 탐하는 삶 속엔
시계가 없습니다
사람은 시간을 알 때 지혜가 생깁니다
남은 시간이 그리 길지 않다는 것을
인식하게 합니다

거울이 없습니다
거울에 비친 얼굴을 통해 마음까지
들여다봅니다
어떤 인생을 살아오고 있는지
멈춰 바라보게 해줍니다

창문이 없습니다
무언가에 몰입하면 어느 순간
집중하다 집착으로 변하게 됩니다
그럴 때 창문을 열어 환기를 시키고,

한 곳에만 집중했던 시선을
분산시켜야 합니다

쾌락을 탐하는 삶 속엔
스스로를 인식하고 인지할 수 없도록
3가지 법칙이 있습니다
부정적 쾌락의 끝자락입니다

지혜를 여는 보석상자 2

깊이 판 우물에서 맑은 물이 나온다
하나를 깊이 파다 보면
자연히 둘이 보이고 셋이 보이는
지혜를 얻게 된다

수레의 두 바퀴처럼 행동과
지혜가 갖추어지면
새의 두 날개처럼 나에게 이롭고
남도 돕게 된다

세 치 혀가 사람을 살리거나
죽인다
혀도 엄청나게 허풍을 떤다
아주 작은 불씨가 큰 숲을
불살라 버릴 수도 있다

정직은 그대에게 주어진 백지수표다
백 권의 책보다 하나의 성실한 마음이
사람을 움직이는 힘이
더 크다

작은 실천이 큰 생각보다 낫다
빛깔은 아름다우나 향기 없는
조화처럼 실천하지 않는다면
아무 소용없다

나만의 사과나무를 심어보자
심은 나무 한 그루가 먼 훗날에는
지혜를 여는 보석상자가 될 수도 있다

인생길

인생은
풀에 맺힌 이슬과 같다

바람 따라 흘러가는
우리네 인생
아무도 알 수 없는
내일이 있기에
날마다 새로운 꿈을 꾸고
희망과 설렘을 가질 수 있다

삶이란
지나고 보면
빠르게 지나가는 한순간이라
남은 세월에 애착이 간다

바람 불지 않으면

세상살이가 아니다
바람이 드셀수록 헤쳐 나가는 것을
용기라 한다

용기란 깃대가 아니라 깃발이다
바람이 불면 불수록 더 힘차게
나부끼는 깃발이다

깝치지 마라
어둠은 희망의 빛을
이길 수 없다
설렘이 두려움을 압도한다

삶의 길목에서

꿈과 행복을 찾아가는 삶의 여정엔
지혜의 디딤돌이 필요합니다

지혜라는 삶의 열쇠를 찾다 보면
막연한 두려움이 있습니다
막상 부닥치면 별일 아닌 것을…

벽 같아 보여도 막상 열면,
문이 됩니다

삶에 지름길 따위는 없습니다
씨앗을 땅에 뿌리면, 꽃이 피어나듯
꿈을 마음밭에 뿌리면,
꿈의 열매가 열립니다

앞만 보고 달려가는 삶 속에서
잠시 한 호흡 멈추고,
천천히 가보는 건,
어떨까 합니다

날갯짓

벌은 부지런한 일꾼이다
꿀을 모으는 것은
상상을 초월한다

370그램의 꿀을 마련하기 위해
약 5만 6천여 개의 클로버 꽃을 찾아간다

꽃은 60개의 꽃관이 있다
벌은 무려 3백 60만 번의
꽃관을 드나든다

빵에 필요한 꿀 한 수저 얻기 위해
벌은 적어도 4천 2백 회 이상
비행해야 한다

한 번 나가면 평균 20분 동안
400여 개의 꽃을 찾아
날갯짓을 한다

인생이라는 무대

우리는 모두
인생이라는 무대 위에 선 배우들이다.

누군가는 주연을 맡고
누군가는 조연을 맡지만,
중요한 것은 어떤 역을 맡았느냐가 아니라
그 역을 얼마나 진실하게 연기하느냐다.

각본 없는 드라마 속에서
우리는 날마다 새로운 장면을 써 내려간다.

실수해도 괜찮다, 다시 시작하면 되니까.
넘어져도 괜찮다, 그것 또한 연출이니까.
마지막 커튼이 내려올 때
후회 없이 웃을 수 있도록
최선을 다할 뿐이다.

인생이라는 무대

섬과 같은 사람들

용서받아본 적이 있는 사람은
용서할 수 있습니다
사랑받아본 적 있는 사람이
사랑할 수 있듯이…

우리는 모두 하나의 섬과 같은 사람들
섬과 섬 사이에 다리를 놓을 수 있다면
우리 인생은 쓸쓸하지만은 않을 것입니다

삶에서 만나는 많은 문제들
선택에 의해 일어납니다
뒤늦게 후회하고 스스로 원망합니다

배고플 때 장 보지 마라
저녁에 의자를 사지 마라
외로울 때 아무나 만나지 마라

너무 목마르고 배고플 때,
피로할 때, 외로울 때
급하게 서두르다가
얼추 탈이 날 수 있습니다

우리는 모두 하나의
섬과 같은 사람처럼 살자

나비의 노래

꿈에도 상처의 흔적이 있다
조개의 상처에서 흐르는 눈물이
훗날 값진 진주가 된 것처럼

꿈은 땀과 눈물과 피가
얼룩진 반복된 연습의 결정체
보이지 않는 것을 보게 하는 것
들리지 않는 소리를 듣게 하는 것
손에 잡히지 않는 것을 잡히게 하는 것

낯선 미지의 길이다
못 가본 길을 가는 것
사랑에 목마른 꿈을 향해
달려가고 있다

한 송이 꽃으로 피어나는
나비의 노래,
꽃을 피우는 건 꿈꾸는 나비
꽃을 비집고 다니는 나비처럼
더 위대한 꿈의 꽃을 피우리라

삶의 강

인간은 숱한 절벽을 만들고
또 허물며 산다
절벽 사이를 흐르는 게
삶의 강이 아니랴!

그리고 보니
아픔 같은,
부끄러움 같은,
온갖 감정을 갖고 흐르는
강이 있어
인고의 세월을
그 힘으로 넘겼나 보다

그때 몰랐던 것도
때가 되면 알게 되는
순간이 온다

젊음이 얼마나 빛났는지를
인생이 얼마나 짧았는지를
무언가 잃어버린 시간을 찾아
길을 나선다

창밖은 아직 어두운데
동쪽 하늘 끝엔 불그스레
여명이 떠오르고 있다

제2부

좁은 길 위에서 부르는 노래

예수님 닮은 사람은

첫째, 자기를 사랑하는 사람입니다.
예수가 이 세상의 죄를 구원하기
위해 오신 소명을 실천하는 힘은
자신을 소중히 여기는 마음에서
비롯된 것입니다.

둘째, 다른 사람을 소중히 여기는
사람입니다.
예수가 '너희 이웃을 네 몸과 같이
사랑하라' 하신 말씀은
자기를 소중히 여기는 것처럼
다른 사람을 소중히 여기고
귀히 대접하라는 말입니다.

내가 다른 사람을 소중히 여길 때
다른 사람도 나를 소중히 여기는
것입니다.

셋째, 겸손한 사람입니다.
예수께서는 '자기를 높이는 사람은
낮아지고 자기를 낮추는 사람은
높아질 것이다'라고 말씀하고
계십니다.

사람의 권위는 자신이 내세우는
것이 아니라 다른 사람이 세워주는 것입니다.

우리 인간이 추구하는 인간상은
즉, 자기를 사랑하는 사람,
다른 사람을 소중히 여기는 사람,
겸손한 사람과 별반 다르지 않습니다.

세상 앞에 용기를 가지고 담대하게
도전하는 사람이 됩시다.
앞날에 주님의 은총이 함께하기를 기도합니다.

열정

홀로 견뎌야 하는 슬픔
그 아픔을 주워 담고
지난 시간들을 추억하며
위로를 받습니다

연약한 작은 꽃에서 느끼는
생명의 따뜻함이
내 등을 다정하게 토닥입니다
가슴이 따뜻해집니다

나를 기다리는 열정으로
웅크려 있던 내 안에서 나와
예수님의 마음으로 영혼을
품을 수 있어 행복합니다

소중한 사람에게 복음 전하고
십자가의 전달자가 되어

할렐루야 찬송하며
주께 나아갑니다

전도자의 길목에 서서
나의 자화상을 그려봅니다
행복한 꿈을 꿉니다

난 행복한 사람,
너무나 행복한 사람입니다

나비전도사

– 함평나비축제

헤아릴 수 없는
많은 나비가 날아다니며
이 꽃 저 꽃으로
꽃이 씨앗을 맺도록
꽃가루 열심히 옮겨주고 있다

새로운 생명 잉태시키려
부지런히 날아다니며
열매 맺기를 바라는 간절한
마음으로 어여쁜 날갯짓하며
옮겨 다닌다

믿음

주님의 은총을 받은 자여!
그대는 그리스도의 향기요,
샬롬의 수선화요,
골짜기의 흰 백합화로다

주님의 영광의 날을 위해!
순결과 거룩함으로 단장하고
오직 믿음으로 승리하여
기쁨으로 참예할지라

나는 행복한 사람

힘들 때
푸른 하늘을 볼 수 있는 눈
외로움 때
소리쳐 부를 친구

불면의 밤
별의 따스함을
들을 수 있는 귀

슬플 때
웃을 수 있는 미소
기도하고 찬양할 수 있는 목소리

나보다 더 갈급한 자 돕는 발걸음
소중한 사람에게 복음 전하고
글을 쓸 수 있는 힘

내 작은 가슴에
예수님의 마음으로
영혼을 품을 수 있어 행복합니다

전도자의 길에 있는 나!
너무 행복한 사람입니다

本鄕(본향)

삶이란 순례자의 고단한 여정이다
외로운 자만이 떠날 수 있는
찬란한 꿈과 세상의 모든 욕망을
훌훌 털어버리고

하늘의 본향을 향해 길을 떠나는
나그네의 삶이다
그 너머에 돌아가야 할
영원한 본향이 푸르게 빛나고 있다

영혼의 텃밭에 욕망의 씨를
심지 말고,
영혼 사랑과 하늘 본향의 꽃씨를
심자

가지 않는 길

그리스도는 알파요 오메가이며
처음이요, 나중이라고 하지요
어둡다는 것을 알게 될 때
비로소 빛을 찾아가듯이

아무도 가지 않는 좁은 길을
걸어갑니다
이 좁은 길이 가면 갈수록
넓어지고 평안해지는
생명의 길인 것을
이제 알았기 때문입니다

감사의 기도

한 해의 끝자락에 서서
돌이켜 보면
매 순간이 감사였음을 깨닫습니다

기쁠 때도 힘들 때도
우리가 함께할 수 있었음이
얼마나 큰 선물이었는지 깨닫습니다

때로는
말없이 서로를 위로하고
품어준 사람들과의 만남과
동행이 우연이 아님을 깨닫습니다

하나님의 은혜였음을
고백하게 됩니다

시작이 있으면 끝이 있듯이
마지막이라는 건
항상 가슴에 무언가를 남기려
한다는 것을…

가지치기

관계에도 가지치기가 필요함이라
처음엔
당연한 줄로만 알았습니다

언제나
내 편일 거라고
늘
그곳에 있을 거라고

네가 가진 관계 때문에
하나님을 섬기는 일이
항상
어깨의 짐같이
너무 버겁고 혼란스럽다면
관계들을 돌아보아야 할 때입니다

또한
기도하여야 할 것이니라
내가 네게 지혜를 줄 것이니라

모두가 은혜인 것을

은은한 달빛처럼
다가온 숨결이
온몸을 감싸고 있다

그때는 누구인지 알지 못했지만
가끔씩 전해지는 숨결로
마음이 열리고
두 팔 벌려 맞이하고 난 후!

지금까지 살아온 것
누려왔던 모든 것
우연이 아니었음을
이 모두가 은혜였음을…

시련의 터널

캄캄한 오크통 속 시간을
견딘 포도!
포도알이 견뎠을 발효의 시간
좋은 향과 맛을 가진
포도주의 탄생이다

'포인세티아'는 색깔이
유난히 붉은 화초다
아름다운 꽃을 피우기 위해
춥고 깜깜한 환경 속에서
철저한 고립과 어둠의 시간을 보낸다

인생도 좋은 향기와 아름다운
꽃을 피우려면
고독한 시련의 터널을 지나야 한다

제3부
우리 함께 걷는 풍경

환승역에서

교차로마다
가로엔 배움과 사색이
세로엔 사랑과 미움이
세워 만든 지하철 환승역이 있다

일용할 양식을 이고 가는
개미의 까만 행렬처럼
레일 위에 발자국을 남긴다

경로석 빈자리 하나
서로 멈칫멈칫 엉거주춤
한 노인 앉으며
접시꽃처럼
얼굴에 환한 웃음꽃이 핀다

행복한 하룻길 되소서

가장 아름다운 色(색)

수레를 끌고 언덕을 오른다
봉사단과 함께 연탄을
기부하러 간다
어려운 자들을 잘 이해하기에
그들을 돕는다

연탄을 담은 까만 수레!
집집마다 나누어 주면
난로에서 까만 연기가
굴뚝에서 피어오른다

샌드위치

환승역 지하철
떠나기 전에 때론 뛰어야 한다
전동차 안에는
소음이 달려오듯 레일을 따라
발자국이 흐르듯
그야말로 샌드위치가 된다

불현듯 샌드위치가 먹고 싶다
부드러움과 달콤함이 어우러진
두 조각의 빵 사이에 끼워 넣는
담백한 감자 샌드위치!

서로 다르면서 한 몸
한 몸이면서 서로 다른
부부처럼…

11월 3일이 샌드위치의 날
인생은 단순하게 살수록
담백해지는 거야!

비로소
각박해진 마음은 둥근 달이 된다

옛날 옛적에

아주 가까운 옛날
우리 모두가 이제 막 피어나는
연두색이던 시절이 있었습니다

색경 보고 바리캉으로 상고머리
빡빡 머리 깎던 시절!
아무 데서나 엄마들이 저고리 올리고
젖먹이던 시절!

딱지치기, 땅따먹기, 고무줄놀이
달고나, 무궁화 꽃이 피었습니다
오징어 게임이 생활이던 시절!

밤마다 천정에서 쥐새끼들이
운동회하고
두툼한 전화번호부 베고 누워
텔레비전 보던 시절!

아, 그립구나!
그 시절이…

새 풍속도

인구가 줄다 보니,
도시의 학교까지 폐교하는 사이
개·고양이 유치원과 호텔이
성행하는 시대가 되었다

앞으로 반려견 대학교가
생긴다 한들 놀라울 일도 아니다
죽은 반려동물에게 조문하고
영정사진이 빛나는 시대다

아이 울음 대신 개 짖는 소리만
골목을 메운다

어떤 이는
개·고양이를 넘어
파충류에게조차 가족이라 칭하며

혼자 사는 외로움을 가족이라는
이름으로 덧칠한다

예식장은 주례가 없어진 지 오래다
장례식장은 조화만 가득하고
한 줌의 재로 변해 수납장에
안치되면 인생은 끝이다

세상만사
웃어야 할지, 울어야 할지…
그래도
눈살 찌푸리기보다
달라진 풍속도를 한탄하지 말고
즐기며 살아가자

우리 함께

봄의 설렘
여름의 열정
가을의 깊이
겨울의 포근함
이제 우리의 모든 계절을 함께!

세상에서 제일 좋은 말
'우리 함께'
늘 함께한다는 것은
기쁨이고 사랑입니다

얼굴엔 웃음
마음엔 여유
가슴엔 사랑

함께 가는 인생길
서로 나누고 베푸는 인생
품어주는 사람 있어 좋고
사랑하는 마음
알아줘서 행복하고,

소리 없이 늘~ 그 자리에
당신이 있어 좋고,
그래서 우리 함께 그냥~

어울림

인생은 매일이라는
페이지로 채워나가는 것
바꿀 수 없는 어제보다
기대할 수 없는 내일보다
무엇이든 할 수 있는
오늘이 가장 좋은 날

혼자 걷는 길에는
예쁜 그리움이 동행하고
둘이 걷는 길에는
어여쁜 사랑이 동행하고
셋이 걷는 길에는
따뜻한 우정이 함께 합니다

아름다운 모습은 눈에 남고
멋진 말은 귀에 남지만

따뜻한 배려는 가슴에
남는다고 합니다

행복은 마음의 준비가 되어 있는
사람에게 미소 짓는다고 합니다
보내는 다정한 미소가
따뜻하게 전해주는 다정한
한마디가 소리 없이 건네주는
믿음이 누군가에게는
행복이 될 수 있답니다

꽃잎이 모여 꽃이 되고
미소가 모여 향기가 피어나듯
기쁨이 모여 웃음이 넘치는
행복한 날 되소서!

골목에서 피어난 저울 추

햇살이 도시의 오래된 숨결 같은
한 골목의 담벼락에 기대면
하루가 조용히 열린다

작은 가게의 셔터가 올라가고
꽃집 앞 화분엔 이름 모를
들꽃이 고개를 든다
서로를 향한 짧은 인사
눈짓으로 전하는 안부
작은 웃음이 골목을 천천히
물들인다

햇살이 골목을 어루만지는
오후가 되면, 시장 골목은
천천히 하루를 데우기 시작한다

어머니 손에 매달린 아이의
깔깔거림
바삭한 튀김 소리
지글지글 부침개 부치는 소리
피어오르는 전의 향기

익숙한 듯 낯선 얼굴들도
모퉁이마다 정이 되어 깃든다
손끝으로 전해지는 따뜻한
온기가 묻어난다

온기 속 이 골목은
서로 지친 마음을 다독인다

마음에도 저울이 있습니다
가끔씩 가리키는 무게를
체크해 보아야 합니다

세월만큼 무서운 건 없다

사냥꾼이
나무 위에 앉아 있는 매 한 마리
노려봅니다

그 매는 뱀을 노려보고
뱀은 개구리를,
개구리는 벌레를 노려보고…

문득 사냥꾼은
자신의 뒤를 돌아보았습니다
혹시 누군가가 노려보는
것이 아닐까?

이때 노려보는 적이 있음을
깨닫게 됩니다
그것은 먹이사슬 같지만

아무도 피할 수 없는
가장 무서운 세월입니다

행복이 영원할 것 같지만
세월은 우리를 데리고
어디론가 가고 있습니다

누가 감히 시간의 흐름을
거역할 수 있겠습니까
불로초를 찾아 헤매던 진시황제도
천하명의 허준도, 부귀영화를
누리던 솔로몬도,
세계를 정복한 나폴레옹도
절세가인 양귀비도
세월이 데리고 간 후
돌아오지 않았습니다

가장 덧없고 무서운 것은
생로병사의 세월입니다
세월 앞에 장사가 없습니다

세월의 섭리는 그 누구도
거부할 수 없다는 것을
깨닫게 됩니다

그냥
기억 속 따뜻한 그 집처럼
항상, 그 자리에 머물고
싶습니다

어떻게 살아야 가치 있는
삶인지…
한번쯤 뒤돌아보아야 할 때입니다

내 마음의 시를 세상에 내놓는다

홀로 원고지 앞에 마주 앉아
누군가에게 말을 걸듯
그림을 그리듯, 때로는 일기를 쓰듯
70편의 시들을 3부로 나누어 썼다

몇 해 전, 내 삶이 무너지는 소리에
무기력증을 앓게 되었다
내가 아닌 나로 살아온 허상으로
심장이 꽁꽁 얼어붙었다
그러던 중 잊고 살았던 내 모습을
조금씩 다듬어 시를 쓰면서
마음의 치유를 얻게 되었다

1부와 2부에서는
고통과 절망의 순간을 다루면서
평정심을 찾는 과정을 엮었고
3부에서는
홀로 견뎌야 하는 슬픔 속에서 나를
뒤돌아보는 시간을 갖고
위로를 받기도 했다